¿Cuándo llegará mi cumpleaños?

Alejandra Vallejo-Nágera

ALFAGUARA

© De esta edición:
2008, 2002, Santillana USA Publishing Company, Inc.
2105 NW 86th Avenue
Miami, FL 33122
© Del texto: 2000, Alejandra Vallejo-Nágera
© De las ilustraciones: 2000, Andrés Guerrero

• Grupo Santillana de Ediciones, S. A.
Torrelaguna, 60. 28043 Madrid
• Aguilar, Altea, Taurus, Alfaguara, S. A. de Ediciones
Av. Leandro N. Alem, 720. C1001 AAP Buenos Aires, Argentina
• Aguilar, Altea, Taurus, Alfaguara, S. A. de C.V.
Avda. Universidad, 767. Col. Del Valle, México D.F. C.P. 03100
• Distribuidora y Editora Aguilar, Altea, Taurus, Alfaguara, S. A.
Calle 80, nº 10-23. Santafe de Bogotá, Colombia

Alfaguara es un sello editorial del **Grupo Santillana**.
Éstas son sus sedes:
ARGENTINA, BOLIVIA, CHILE, COLOMBIA, COSTA RICA,
ECUADOR, EL SALVADOR, ESPAÑA, ESTADOS UNIDOS,
GUATEMALA, HONDURAS, MÉXICO, PANAMÁ, PARAGUAY, PERÚ,
PUERTO RICO, REPÚBLICA DOMINICANA, URUGUAY Y VENEZUELA.

¿Cuándo llegará mi cumpleaños?
ISBN 10: 1-60396-200-X
ISBN 13: 978-1-60396-200-1

Diseño de la colección:
José Crespo, Rosa Marín, Jesús Sanz

Editora:
Marta Higueras Díez

Published in the United States of America
Printed in the United States of America by NuPress

15 14 13   1 2 3 4 5 6 7 8 9

¿Cuándo llegará mi cumpleaños?

Las aventuras de Ricardete y Lola

Alejandra Vallejo-Nágera
Ilustraciones de ANDRÉS GUERRERO

ALFAGUARA

A Ricardete le gustan sus fiestas
de cumpleaños más que nada
en el mundo...

...pero ha pasado tanto, tanto
tiempo desde su último cumpleaños,
que ya ni se acuerda de las bromas
que le gastó el payaso.

—¡Todos celebran fiestas de cumpleaños
menos yo! —protesta Ricardete.

—Mamá, ¿cuánto falta para mi
cumpleaños? —pregunta Ricardete.

—No seas impaciente. Todavía faltan
muchos meses —contesta.

Pero Ricardete no sabe cuánto
tiempo son muchos meses.

Así que lo pregunta una vez...
...y otra vez...

—¿Cuándo llegará mi cumpleaños?
¿Cuándo llegará? —pregunta
Ricardete sin parar.

—¡En primavera! —responde papá
llevándose las manos a la cabeza.

—En primavera —explica mamá—,
el campo se llena de flores de muchos
colores, y las cigüeñas anidan en lo alto
de las torres.

—Entonces, ahora no puede ser mi
cumpleaños —le dice Ricardete
enfadado.

—Como es verano y hace
mucho calor —explica papá—,
nos ponemos el bañador
y nos damos un chapuzón.

—Entonces, ahora tampoco es mi
cumpleaños —piensa Ricardete.

Después del verano, viene el otoño.
El parque se llena de hojas amarillas
y Ricardete juega con las ardillas.

—Cuando el otoño termine, ¿será
mi cumpleaños? —se pregunta
Ricardete.

Después del otoño, el invierno llega.
—En invierno nieva y la nariz se te
hiela —explica la abuela—, pero ya
falta poco para la primavera.

—¡Y para mi fiesta! —exclama
Ricardete.

Poco a poco el frío se marcha.
Ricardete mira por la ventana y ve
unos puntitos verdes en las ramas...

...y observa que las cigüeñas hacen
mucho ruido mientras preparan
sus nidos.

—¡Mi cumpleaños se acerca!

—¡Feliz cumpleaños! —le desean
mamá y papá.

Ricardete mira cómo el bizcocho
de chocolate se hincha, y espera
nervioso a sus amigos y amigas.

Por fin llegan los invitados
cargados de regalos.
Ricardete recibe tirones de orejas,
y aplausos cuando apaga las velas.

Luego hace carreras de sacos,
rompe la piñata con un palo...

...y sus amigos se marchan agotados.
Entonces Ricardete pregunta acalorado:

—Mamá, papá, ¿cuánto falta
para que vengan los Reyes Magos?